獻給　愛蜜莉和喬治

克里斯‧巴特華斯

獻給　父親

露西雅‧嘉吉奧提

◎我家能源從哪兒來？

文字：克里斯‧巴特華斯／繪圖：露西雅‧嘉吉奧提／譯者：黃聿君
責任編輯：鄭筠潔／美術編輯：黃顯喬
發行人：劉振強／發行所：三民書局股份有限公司
地址：臺北市復興北路386號／電話：(02)25006600／郵撥帳號：0009998-5
門市部：(復北店)臺北市復興北路386號（重南店）臺北市重慶南路一段61號
出版日期：2020年1月初版一刷　2022年11月初版二刷
編號：S300211／ISBN：978-957-14-6678-1　（精裝）

http://www.sanmin.com.tw　三民網路書店
※本書如有缺頁、破損或裝訂錯誤，請寄回本公司更換。

HOW DOES MY HOME WORK?
Text © 2017 by Chris Butterworth
Illustrations © 2017 by Lucia Gaggiotti
Published by arrangement with Walker Books Ltd. through
Bardon-Chinese Media Agency
Traditional Chinese copyright © 2020 by San Min Book Co., Ltd.

我家能源
從哪兒來？

文／克里斯・巴特華斯　圖／露西雅・嘉吉奧提

譯／黃聿君

小山丘

平時在家，**你**會做一些神奇的事情。

開關一按，燈就亮了。

按鈕一壓，電視畫面就出現了。

水龍頭一轉，
乾淨的水就
流出來了。

打開冰箱，拿出牛奶，新鮮又冰涼。

感覺像是施了魔法。但，這可不是魔法喔！那麼，究竟是怎麼辦到的呢？

7

答案就藏在家裡看不到的地方。

地板下面和牆壁裡,有許多管線和電線。它們不分晝夜,全年無休,把水、電和瓦斯送進家裡。

冷水
熱水
汙水
電
瓦斯

有了這些，你才能開燈、開水龍頭、看電視、用冰箱冷藏食物。

我們天天使用的電器，都需要電才能運作。

洗衣機

微波爐

果汁機

熨斗

洗碗機

電風扇

電腦

吸塵器

吹風機

10

快煮壺

烤麵包機

電燈

電動攪拌器

電視和電視遊樂器

電暖器

冰箱

檯燈

收音機

CD 0.3

行動電話

電從哪裡來？

大自然裡就有電，例如閃電就是電，威力強大，相當危險。光是一道閃電蘊含的電能，就能夠煮出五萬多杯熱可可！

大部分的發電廠是靠燃燒石油、天然氣或煤將水加熱。不過這些方式會產生煙霧和有害的化學物質，汙染空氣。

核能發電利用稀有礦物將水加熱。這些稀有礦物如果沒有小心處理，會變得非常危險。

我們在家用的電，是由發電廠製造出來的。

先將水加熱到沸騰，產生蒸氣，接著利用蒸氣推動渦輪葉片。渦輪一轉動，一種叫發電機的機器也跟著運作：發電機內部的銅線圈繞著一組磁鐵旋轉，轉著轉著……**滋滋！霹啪！**電製造出來了！

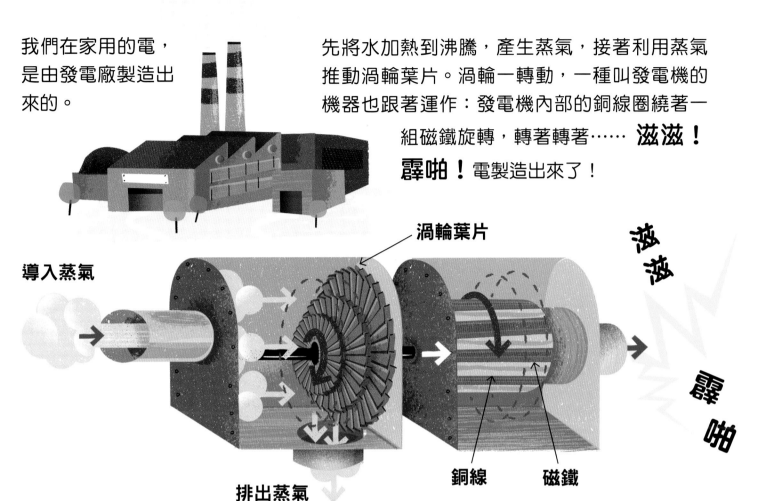

渦輪葉片

導入蒸氣

滋滋

霹啪

銅線　磁鐵

排出蒸氣

零汙染發電的方式

湍急流水的力道強勁，用來轉動渦輪機。

風力渦輪利用風力發電。

屋頂上一片片的太陽能板吸收陽光，直接將陽光轉化成電力。

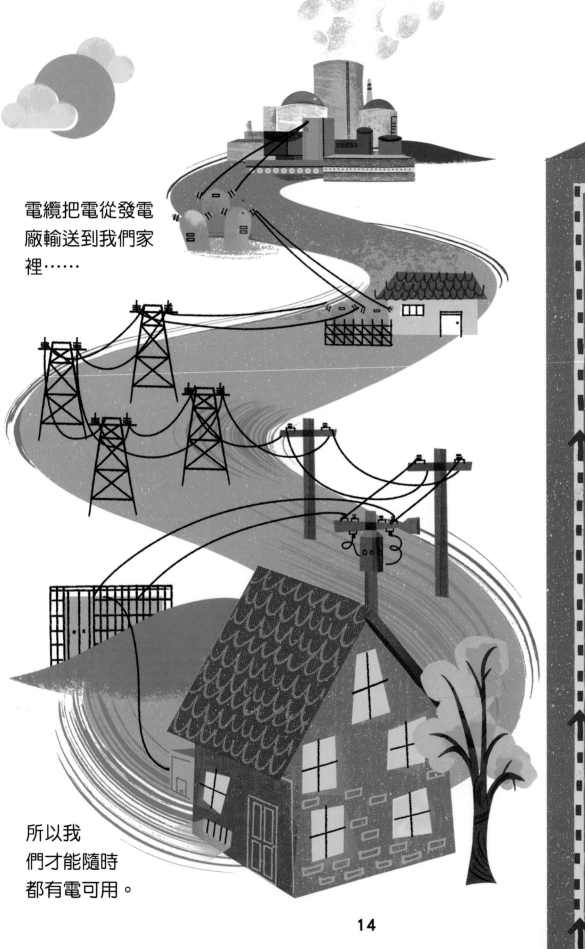

電纜把電從發電
廠輸送到我們家
裡⋯⋯

所以我
們才能隨時
都有電可用。

這一條電線
把電傳到開
關裡。

電燈開關

太陽下山了，可是我們還有很多事得做。這時候，就得靠電把燈點亮。

另一條電線連接開關和電燈。

打開開關……兩條電線就接通了。

電傳送到燈泡裡，燈泡開始發亮！

關上開關……

兩條電線不通，燈也就熄滅了。

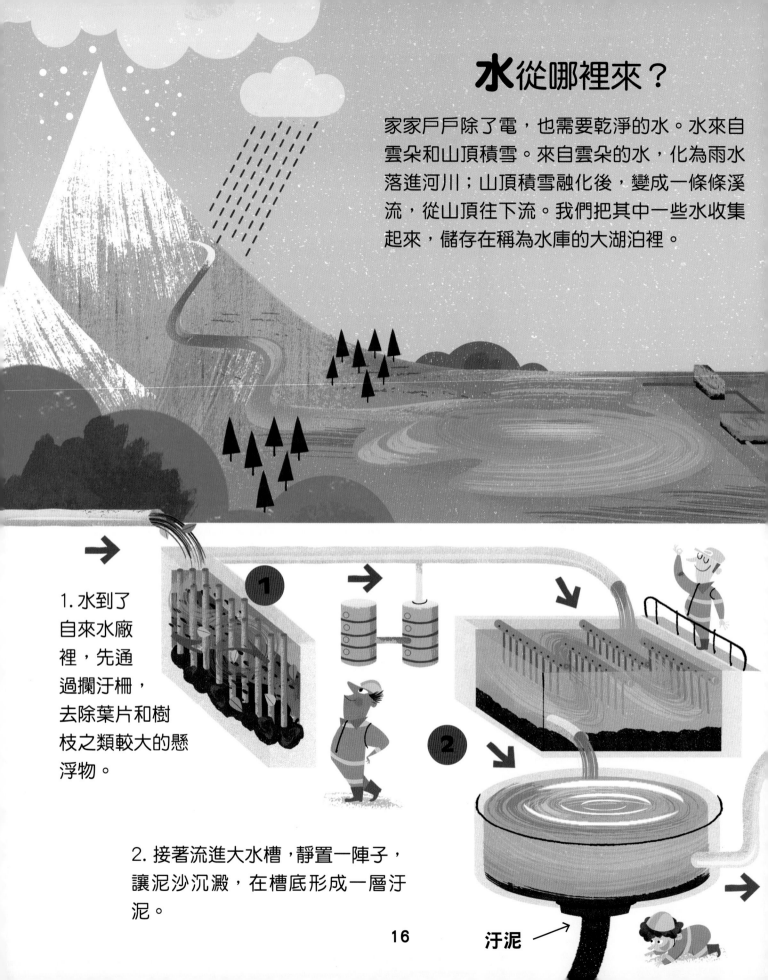

水從哪裡來？

家家戶戶除了電，也需要乾淨的水。水來自雲朵和山頂積雪。來自雲朵的水，化為雨水落進河川；山頂積雪融化後，變成一條條溪流，從山頂往下流。我們把其中一些水收集起來，儲存在稱為水庫的大湖泊裡。

1. 水到了自來水廠裡，先通過攔汙柵，去除葉片和樹枝之類較大的懸浮物。

2. 接著流進大水槽，靜置一陣子，讓泥沙沉澱，在槽底形成一層汙泥。

汙泥

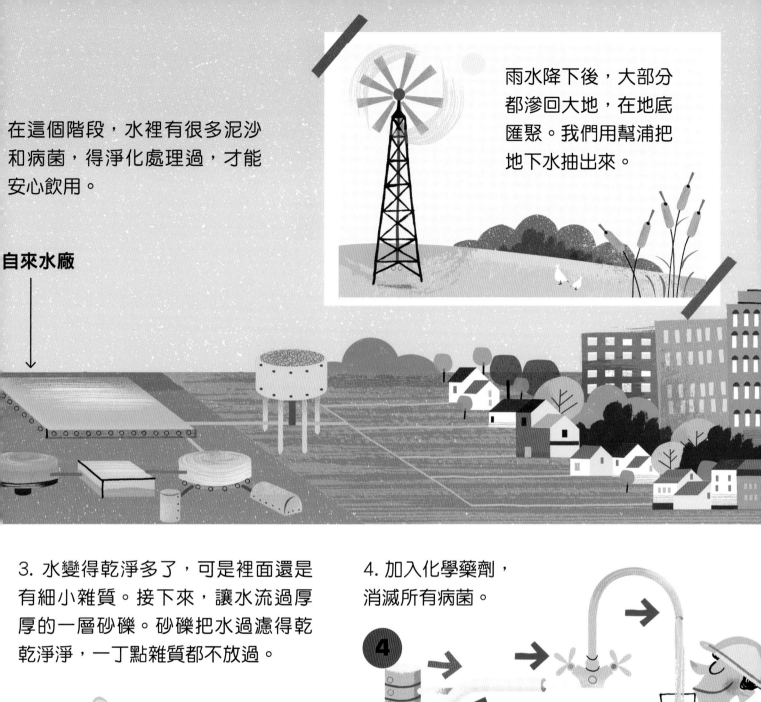

在這個階段，水裡有很多泥沙和病菌，得淨化處理過，才能安心飲用。

自來水廠

雨水降下後，大部分都滲回大地，在地底匯聚。我們用幫浦把地下水抽出來。

3. 水變得乾淨多了，可是裡面還是有細小雜質。接下來，讓水流過厚厚的一層砂礫。砂礫把水過濾得乾乾淨淨，一丁點雜質都不放過。

4. 加入化學藥劑，消滅所有病菌。

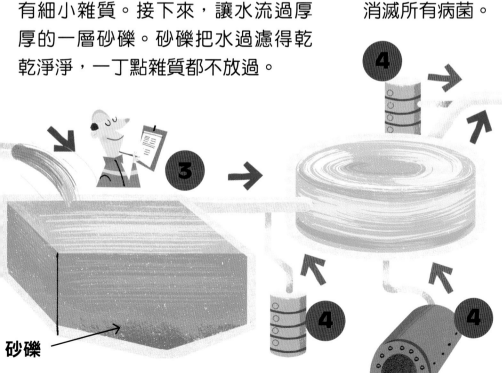

砂礫

最後再檢查一回，確定**沒問題**……完美！

現在水乾淨了，接著就通過水管送到你家裡。

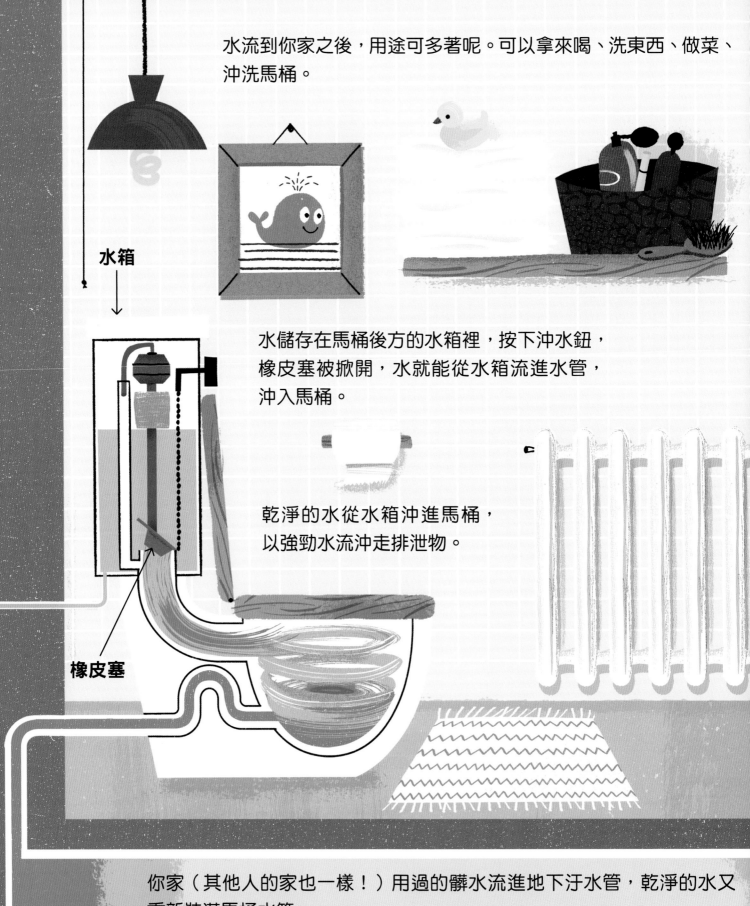

水流到你家之後，用途可多著呢。可以拿來喝、洗東西、做菜、沖洗馬桶。

水箱

水儲存在馬桶後方的水箱裡，按下沖水鈕，橡皮塞被掀開，水就能從水箱流進水管，沖入馬桶。

乾淨的水從水箱沖進馬桶，以強勁水流沖走排泄物。

橡皮塞

你家（其他人的家也一樣！）用過的髒水流進地下汙水管，乾淨的水又重新裝滿馬桶水箱。

洗手時間！

關上水龍頭，小塞子堵住水管，水就流不出來了。

關 →

轉開水龍頭，小塞子跟著往上升，水管暢通無阻，乾淨的水流進洗手檯。

開 →

家裡用過的水，最後會回歸河流、海洋。不過這些廢水很髒，得先仔細淨化。

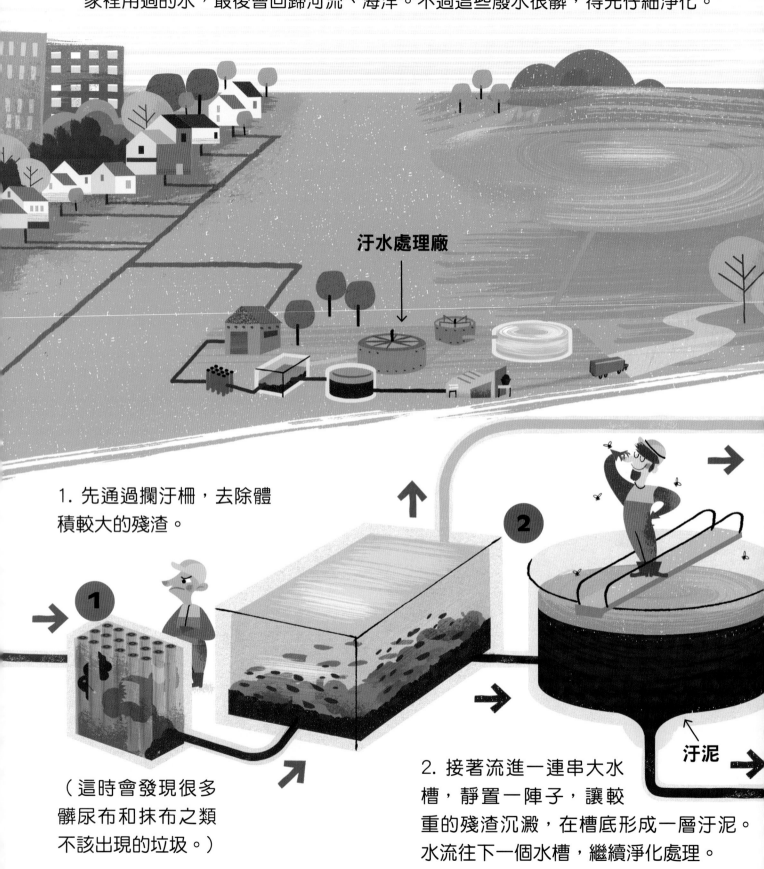

汙水處理廠

1. 先通過攔汙柵，去除體積較大的殘渣。

（這時會發現很多髒尿布和抹布之類不該出現的垃圾。）

2. 接著流進一連串大水槽，靜置一陣子，讓較重的殘渣沉澱，在槽底形成一層汙泥。水流往下一個水槽，繼續淨化處理。

汙泥

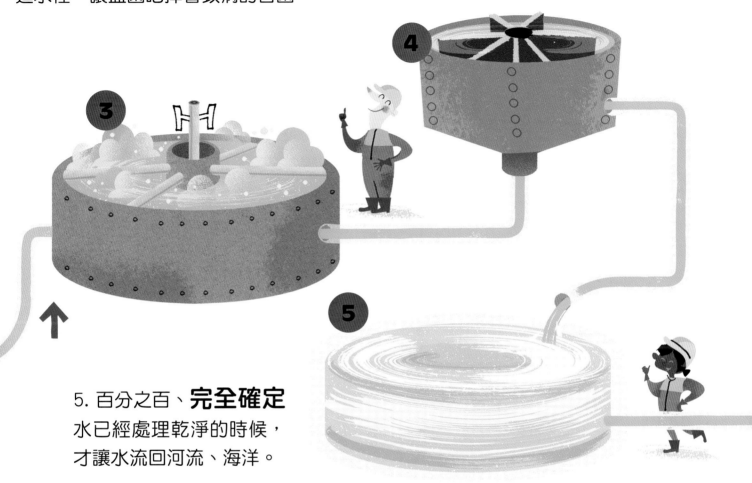

3. 這個水槽有大扇葉，負責把氣泡打進水裡，讓益菌吃掉會致病的害菌。

4. 處理得差不多了！不過還是要加一些化學藥劑，殺光所有病菌。

5. 百分之百、**完全確定**水已經處理乾淨的時候，才讓水流回河流、海洋。

6. 汙泥經過處理，再交給農夫加進田裡。處理過的汙泥含有很多好東西，能讓農作物長得更好。

21

瓦斯從哪裡來？

現在你已經知道電和水是從哪裡來的了！不過很多家庭也使用瓦斯，
用來供應暖氣和做菜。

不同的家庭使用不同類型的瓦斯，大部分使用的是「天然氣」：天然氣來自深深的地底，藏在岩石孔隙裡。不過也有一些家庭使用原油煉製成的瓦斯。

圖裡的天然氣井，就是把天然氣和原油，從深深的海底抽出來。

天然氣

原油

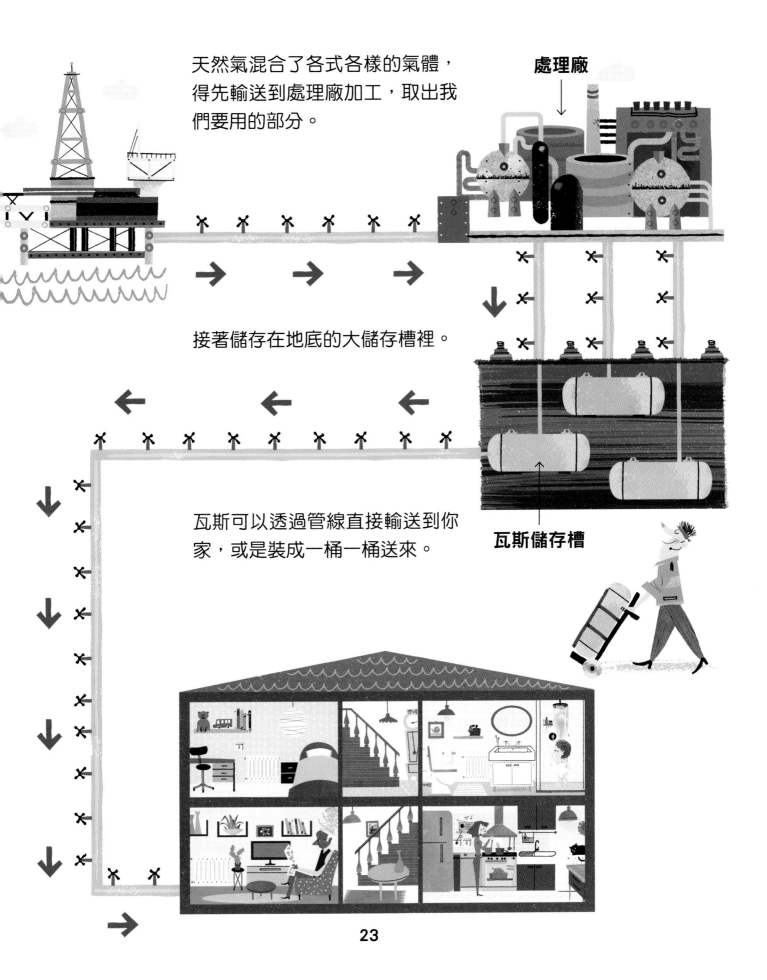

天然氣混合了各式各樣的氣體，得先輸送到處理廠加工，取出我們要用的部分。

處理廠

接著儲存在地底的大儲存槽裡。

瓦斯儲存槽

瓦斯可以透過管線直接輸送到你家，或是裝成一桶一桶送來。

我們在家，能隨時開燈、開暖氣、有熱水可用，可是耗費了很多能源。

節約能源

我們很幸運。世界上很多人沒有這些東西可用。
能源很珍貴，要好好珍惜別浪費！

這些事，你能做到幾項呢？

離開房間隨手關燈

刷牙時關上水龍頭

晚上關上電視和電腦，別使用「待機」模式

淋浴時不要洗太久

冰箱門記得關

做好資源回收

燒熱水時，需要多少裝多少

天氣冷別急著開暖氣，先多穿幾件衣服

用洗米水來澆花

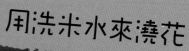

作者的話

乾淨的水和電讓我們保持居家衛生和安全，過得舒適便利，可是我們很容易就把這一切視為理所當然。希望大家在了解家是如何運作之後，能更關心熱能、水、電從哪裡來，運用時也更加珍惜。

繪者的話

我的父親是室內設計師。小時候，我常常學他畫房間、樓層平面圖和整棟屋子。這本書，讓我想起那一段美好的時光。不過，在替這本書畫插圖之前，我都不知道建築背後藏了什麼祕密。希望這本書能讓小朋友和大人都獲益良多！

索 引

冰箱 7, 9, 11, 27

馬桶 18

發電機 13

發電廠 12–14

風力 13

燈 6, 9, 15, 24, 26

電 8, 10, 12–16, 22

電線 8, 14, 15

電視 6, 9, 11, 26

天然氣 12, 22, 23

暖氣 22, 24, 27

管線 8, 23

核能發電 12

節約能源 26

石油 12

水 7, 8, 12, 13, 16–22

水龍頭 7, 9, 19, 26

汙水 8

瓦斯 8, 22, 23

渦輪 13

更多資訊

想進一步了解家裡各部分如何運作，hometips.com/how-it-works
是很棒的網站，不妨上去逛逛。explainthatstuff.com
和 factmonster.com 也提供許多有用資訊。